Ne pas roguer

V

Conserver cette
Couverture

Ne pas rogner

REPONSE

A TOUTES

LES OBJECTIONS

PRINCIPALES

Qu'on a faites en France contre la
Philosophie de Neuton.

M. DCC. XXXIX.

REPONSE

A TOUTES LES OBJECTIONS
principales qu'on a faites en France contre la Philofophie de Neuton.

Es Elémens de Neuton furent donnés au public, parce qu'il fembloit utile de mettre le public au fait de ces nouvelles vérités dont tout le monde parloit à Paris comme d'un monde inconnu. M. Algaroti travailloit en même-temps à faire goûter cette Philofophie à fes Compatriotes, & ornoit par les agrémens de fon efprit des vérités qui ne fembloient foumifes qu'au calcul. Ces vérités pénétroient dans l'Académie des fciences, malgré le goût dominant de la Philofophie Cartéfienne, elles y furent d'abord propofées par un grand Mathématicien, qui depuis par fes mefures prifes fous le cercle polaire, a reconnu & déterminé la figure que Neuton & Hugens avoient affignée à la terre. D'autres Géométres Phificiens, & furtout celui qui a traduit la ftatique des végétaux, & qui encherit encore fur ces expériences étonnantes, embraffoient avec courage cette Phifique admirable, qui n'eft fondée que fur les faits & fur le calcul, qui rejette toute hipotefe, & qui par conféquent eft la feule phifique véritable.

A   L'Auteur

(2)

L'Auteur des Elemens tâcha de mettre ces vérités nouvelles à la portée des esprits les moins exercés dans ces matiéres, & quoique son ouvrage ait été imprimé avec beaucoup de fautes, & que l'impatience des Libraires ne lui eût pas même donné le temps de l'achever, il n'a pas laissé pourtant d'être de quelque utilité. On n'a pas reproché le défaut de clarté à ce Livre.

Cependant il faut bien qu'il soit plus difficile à entendre qu'on ne croyoit, puisque tous ceux qui ont écrit contre les vérités dont il étoit l'interpréte, lui ont reproché des choses qui assurément ne se trouvent ni dans son Livre ni dans aucun Disciple de Neuton.

Fausse idée de plusieurs Critiques. L'un s'imagine, par exemple, que dans un verre ardent, le milieu doit attirer plus que les bords, & que c'est par cette raison que les rayons de lumiere, selon Neuton, se rassemblent au foyer du verre, & il perd bien du tems & de la peine pour réfuter ce qui n'a jamais été dit.

Autre méprise sur la Lumiere. Un autre croit que chez Neuton la lumiere ne vient du Soleil sur la terre, que parce que la terre l'attire de trente trois millions de lieuës.

Autre malentendu sur le Vuide. Il y en a qui ayant lû par hazard ces mots, *la lumiere se réfléchit du sein du Vuide*, ont cru, sans faire attention à ce qui précede, & à ce qui suit, qu'on attribuoit au Vuide une action sur la matiere; & là-dessus ils ont triomphé,

&

& ils ont débité ou des injures ; ou des plai-
santeries , ou des argumens également inutiles.

Si ces Meſſieurs, par exemple, au lieu de crier
contre ce qu'ils n'avoient pas aſſez examiné
s'étoient voulu informer de l'état de la queſtion :
Voici ce qu'on leur auroit répondu.

Neuton a découvert entre la lumiere & les
corps une action dont on n'avoit point d'idée.
Il a fait voir , par exemple, que la même lumiere oblique qui ne ſe tranſmet point à travers un criſtal , s'y tranſmet dès qu'on met de
l'eau ſous ce criſtal ; il a aſſuré que ſi on trou-
voit le ſecret de pomper l'air ſous ce criſtal
dans la machine du Vuide, ce même rayon oblique qui paſſoit preſque tout entier du verre
dans l'eau appliquée à ce criſtal, ne paſſoit point
du tout dans ce Vuide. L'Auteur des Elémiens
de Neuton eſt peut-être le premier en France
qui en ait fait l'expérience ; & de là il a conclu
avec grande raiſon, qu'il y a une action incon-
nuë du criſtal & de l'eau ſur la lumiere ; action
d'une eſpece nouvelle, action dont aucun Phi-
loſophe n'a pû rendre raiſon par les mécaniques
ordinaires ; action que l'on nomme *attraction* ;
propter egeſtatem linguæ & rerum novitatem ; en
attendant que Dieu nous en révéle la cauſe.

L'Auteur des Elémens en parlant de ce phénoméne, s'eſt ſervi de cette expreſſion très-
Françaiſe, *que la lumiere rejaillit du ſein du Vuide,*
à peu près comme il a dit en Vers :

A 2   *Valois*

Valois se réveilla du sein de son yvresse . . . .
Gouverner son païs du sein des voluptés . . . .

Il n'y a personne qui ne sache ce que valent
ces expressions ; elles sont si claires qu'on peut
s'en servir en Prose comme en Poësie, pourvû
qu'on n'affecte pas de les employer fréquem-
ment, & qu'on évite la prose poëtique avec
autant de soin que le stile familier & plaisant.
On sait bien que ni l'yvresse ni les voluptés, ni
le Vuide n'ont un sein qui agisse réellement,
& tout ce qu'un Lecteur qui ne veut point
chicaner devoit comprendre, c'est que la lumiere qui rejaillit du Vuide, en rejaillit, parce
que le corps voisin exerce une force quelconque sur elle.

Eclaircisse-
ment sur
un fait très-
important
d'optique
& sur la
trisection
de l'angle.

Quelques-uns plus injustes encore, prenant
l'accessoire pour le principal, comme il arrive
presque toujours, ont fait semblant de croire
que l'Auteur se vantoit d'avoir trouvé la trisection de l'angle par la régle & le compas ; & au
lieu d'examiner avec lui une question d'optique
très-importante, ils ont laissé-là cette question,
dont il s'agissoit, & l'ont harcelé sur la prétenduë trisection de l'angle, dont il ne s'agit point
du tout.

Voici encore une fois le problême que pro-
posoit l'Auteur : Vous regardez à la fois deux
hommes ou plusieurs hommes, de même taille,
dont le premier est à un pied de vous, & le
dernier à quarante, le premier trace sur votre
rétine

rétine un angle quarante fois plus grand que le dernier ; la grandeur des images dépend de la grandeur des angles , & cependant ces deux hommes vous paroiffent d'égale hauteur : Je dis que ce phénoméne journalier ne peut-être expliqué par aucun changement dans l'œil ou dans le criftalin , comme l'ont prétendu prefque tous les Opticiens. Je dis que fi l'œil prend une nouvelle conformation , il la prend également pour l'homme qui eft diftant d'un pied , & pour celui qui eft à quarante pieds ; je dis que les voyant tous deux à la fois , fi l'angle fous lequel vous les voyez s'agrandit ou diminue , il s'agrandit ou diminue également pour tous deux ; je dis donc que ce problême eft infoluble aux régles de l'optique.

Perfonne n'a répondu , & l'on ofe dire que perfonne ne pourra répondre à cet argument.

Qu'a-t-on donc fait ? On a prétendu jetter un ridicule fur l'expreffion ; les Cenfeurs ont dit qu'il n'étoit pas abfolument vrai qu'un homme diftant de trente pieds , trace dans votre rétine un angle précifément trente fois plus petit qu'à un pied ; non cela n'eft pas abfolument vrai , fans doute ; on le fait bien ; mais la difference eft fi petite qu'elle ne change en rien l'état de la queftion ; quand cet angle ne feroit que 26 ou 27. fois plus petit , le phénoméne & la difficulté ne fubfiftent-ils pas ? Ce cas eft précifément le même , que celui de deux hommes qui partiroient au même moment de Paris,

& qui iroient d'un pas égal l'un à S. Denis,
l'autre à Orleans ; fi quelqu'un vous dit qu'il
faut trente fois plus de temps à l'un qu'à l'autre,
ferez-vous bien reçû à prétendre que fa propo-
fition eft ridicule fous prétexte qu'il s'en faut
quelques pas qu'il n'y ait une lieuë complette
de Paris à S. Denis ?

La plupart des objections que l'on a faites contre les Elémens de Neuton font dans ce goût, &
ceux que la paffion de critiquer domine, n'ayant
pas de meilleures raifons à dire , ont eu recours
aux injures felon l'ufage ; ils ont voulu faire un
crime à l'Auteur d'avoir enfeigné des vérités
découvertes en Angleterre, ils lui ont reproché
l'efprit de parti, à lui qui n'a jamais été d'aucun parti : ils ont prétendu que c'eft être mau-
vais Français , que de n'être pas Cartéfien.
Quelle révolution dans les opinions des hommes ! La Philofophie de Defcartes fut profcrite
en France , tandis qu'elle avoit l'apparence de
la vérité, & que fes hipotefes ingénieufes n'é-
toient point encore démenties par l'expérience,
& aujourd'hui que nos yeux nous démontrent
fes erreurs , il ne fera pas permis de les aban-
donner ?

Quoi ! les noms de Defcartes & de Neuton
deviendront des mots de ralliement ! Et on fe
paffionnera toujours quand il ne faut que s'inf-
truire ! Qu'importent les noms ! Qu'importent
les lieux où les vérités ont été découvertes ! Il
ne s'agit ici que d'expériences & de calculs &
non de chefs de parti.   Je

Je rends autant de justice à Descartes que
ses Sectateurs, je l'ai toujours regardé comme
le premier génie de son siécle. Mais autre
chose est d'admirer, autre chose est de croire.
Je l'ai déja dit, Aristote qui réunissoit à la
fois les merites d'Euclide, de Platon, de Quin-
tilien, de Pline; Aristote, qui par l'assembla-
ge de tant de talens étoit en ce sens au-dessus
de Descartes & même de Neuton, est pourtant un Auteur dont il ne faut pas lire la Philosophie.

Veut-on se faire une idée très-juste de la Phisique de Descartes, qu'on lise ce qu'en dit le
célébre Boërhaave qui vient de mourir : voici
comme il s'explique dans une de ses haran-
gues.

» Si de la Géométrie de Descartes vous pas-
» sez à la Phisique, à peine croirez-vous que
» ces ouvrages soient du même homme; vous
» serez épouvanté qu'un si grand Mathémati-
» cien soit tombé dans un si grand nombre
» d'erreurs; vous chercherez Descartes dans
» Descartes; vous lui reprocherez tout ce qu'il
» reprochoit aux Péripatéticiens, c'est-à-dire,
» que rien ne peut s'expliquer par ses princi-
» pes. »

Voilà comme pensent, malgré eux, des Livres
de Descartes, ceux-là même qui se disent Car-
tésiens, aucun ne peut suivre son sistême sur
la lumiere que toutes les expériences ont ruiné;
ses loix du mouvement furent démontrées faus-

A 4   ses

ses par Uren & par Hugens, &c. Sa Description
Anatomique de l'homme est contraire à ce que
l'Anatomie nous apprend ; de tous ceux qui
ont adopté son Roman contradictoire des tour-
billons, il n'y en a aucun qui n'en ait fait un
autre Roman. On proscrit donc tous ses dog-
mes en détail, & cependant on se dit encore
Cartésien ; c'est comme si on avoit dépouillé
un Roi de toutes ses Provinces l'une après l'autre, & qu'on se dît encore son Sujet.

L'Auteur d'un nouveau Livre intitulé, *Re-*
futation des Elémens de Neuton, a ramassé toutes ces fausses accusations, il en a composé un
volume, il a fait comme tous les Critiques, qui
sentant la foiblesse de leurs raisons, s'acharnent
à rendre leur Adversaire odieux, il a le courage de dire page 121. que l'Auteur des Elémens
à péché *contre sa Patrie*. Mais en quoi celui
qu'il attaque a-t-il commis ce grand crime en-
vers sa Patrie ? en disant que Snellius Hollandois a le premier trouvé la raison constante
des sinus d'incidence aux angles de refraction.
Voilà ce que l'Auteur de la refutation trans-
forme judicieusement & avec charité en crime
d'Etat.

Eclaircisse-
ment sur
Descartes
& sur Snel-
lius.

Le Critique devenu ainsi délateur, accuse au
hazard M. de Voltaire d'avoir trouvé ce fait
dans Vossius, & il ajoute que le Théorème dont
Vossius parle est contraire à celui de Descartes.

Mais M. de V . . . . proteste qu'il n'a point
lû Vossius, & que le fait se trouve dans Hugens
contem-

(9)

contemporain de Descartes, pages 2 & 3. de sa
Dioptrique. Si d'ailleurs on veut savoir l'histoire de cette découverte, la voici : La mesure des
refractions fut tentée d'abord par l'Arabe Al-
hazen, puis par Vitellion, ensuite par Kepler,
qui échouerent tous ; Snellius Villebrode trou-
va enfin la proportion des Secantes, & Descartes finit par celle des sinus ; ce qui est à peu
près le même Théorème que celui des Secantes, comme on peut le voir dans l'excellente
Phisique de M. Muschenbroeck page 285. *Car-
tesius*, dit-il, *adhibuit sinus usus inventione Snel-
lii*, &c. L'Auteur des Elémens n'a fait en cela
que dire simplement la vérité ; est-ce être mau-
vais Citoyen que de rendre justice aux Etrangers ? Y a-t-il donc des Etrangers pour un Phi-
losophe ?

Après avoir traité M. de Voltaire de traître
à la Patrie pour avoir loué un Hollandois, il
le tourne de son mieux en ridicule sur ce même sujet, tant rebattu de l'attraction de la lumiere, il a crû voir que Neuton & ses disciples
pensent que la Terre attire la lumiere du corps
même du Soleil. Est-il possible encore une fois
qu'on entende si fort à rebours l'état de la question ? Et est-il possible qu'on puisse nous attri-
buer une opinion digne tout au plus de Cirano
de Bergerac ?

Voici ce qui a donné lieu probablement à
cette étrange méprise.

L'Auteur des Elémens ayant souvent à parler
dans

Méprise
des Criti-
ques sur
l'attraction
de la lu-
miere.

dans son Livre de la raison inverse du quarré des distances, avoit jugé à propos d'expliquer ce que c'est, en parlant de la lumiere, parce qu'en effet l'intensité de la lumiere est précisément en cette proportion ; mais il avertit expressément page 88. Edition de Londres, que l'attraction de la lumiere & des corps, & l'attraction des planettes & du Soleil, qu'on nomme gravitation sont differentes.

De ce que Neuton a découvert deux Phénoménes admirables, il ne s'ensuit pas que ces Phénoménes obéissent aux mêmes loix.

Il faut bien se mettre dans la tête que Neuton a trouvé que les corps & les rayons de lumiere agissent les uns sur les autres à des distances très-petites, & que les planettes agissent mutuellement les unes sur les autres à des distances très-grandes. L'action du Soleil sur Saturne, sur Jupiter, sur la Terre, est aussi différente de l'action d'un cristal auprès duquel & dans lequel un rayon s'infléchit, que ce rayon différe en grosseur du globe de Saturne. Confondre l'attraction de la lumiere avec celle des planettes, c'est n'avoir pas la plus légere idée des découvertes de Neuton.

Découverte de M. Bradley sur la progression de la lumiere. L'empressement ou l'esprit de parti qui a porté tant de personnes à critiquer la Philosophie de Neuton avant de l'avoir étudiée, les a jettés ici dans une étrange contradiction.

D'un côté ils s'imaginent que la Terre attire, selon Neuton, la lumiere de la substance
du

du Soleil, ce qui eſt ridicule. De l'autre, ils
ne peuvent concevoir comment Neuton admet l'émiſſion de la lumiere, de la ſubſtance
même du Soleil, ce qui eſt pourtant fort aiſé à
comprendre.

Le grand Neuton étoit convaincu, & M. Découverte de M.
Bradley.
Bradley a prouvé auſſi depuis, que la lumiere
nous eſt dardée du Soleil & des étoiles. La
découverte connue de M. Bradley qui démontre à la fois le mouvement de la Terre &
la progreſſion de la lumiere, nous fait voir que
cette progreſſion eſt uniformément la même,
qu'elle n'eſt point retardée dans ſon cours,
qu'elle parcourt également environ trente-trois
millions de lieues par 8. minutes, dans un cours
uniforme de plus de ſix ans, qu'ainſi il n'y a
depuis les étoiles juſqu'à notre atmoſphere aucune matiere reſiſtante, car s'il y en avoit, cette lumiere ſeroit retardée, & par conſéquent la
lumiere nous eſt dardée de la ſubſtance des
étoiles à travers un milieu non reſiſtant. Il reſte
à voir à ceux qui raiſonnent de bonne foi, s'il
eſt poſſible qu'un rayon de lumiere vienne à
nous pendant ſix ans ſans ſe déranger, & ſans
retarder ſa courſe à travers un plein abſolu?
Neuton, ni aucun de ſes Diſciples n'ont donc
encore une fois jamais imaginé que cette lumiere du Soleil & des étoiles nous vînt par attraction; ils enſeignent tous qu'elle eſt dardée
de la ſubſtance du globe lumineux.

Il eſt très-aiſé de concevoir comment le Soleil.

La lumiere émane du Soleil, ſeil nous envoye ſes rayons ſi rapidement, il faut ſonger ſeulement ce que c'eſt qu'un tel globe enflammé qui tourne ſur ſon axe quatre fois plus rapidement que la Terre.

L'Auteur de la Reſutation prétenduë a donc un très-grand tort; premiérement, d'avoir crû qu'il ſoit queſtion d'attraction dans l'émiſſion des rayons du Soleil; ſecondement, d'avoir crû que la lumiere ne peut émaner du Soleil, mais il a beaucoup plus de tort encore d'oſer appeller *énorme abſurdité* ce que les Neutons, les Keils, les Muſchenbroecks, les s'Graveſandes, &c. & de très-grands Philoſophes Français croyent ſi bien prouvé. Ce ſeroit aſſurément le comble de l'indécence de traiter ainſi de pareils hommes, quand même on auroit raiſon contre-eux. Que ſera-ce donc lorſqu'on ſe trompe ſi viſiblement?

On ne peut s'empêcher ici de faire voir combien l'eſprit de ſiſtême & de parti pervertit les idées les plus naturelles des hommes; quel eſt celui qui en voyant au milieu de la nuit un flambeau éclairer tout d'un coup une lieue de pays, ne ſoupçonnera pas que ce flambeau qui ſe conſume envoye des parties de flamme à une lieue à l'entour? N'y a-t-il pas des corps odori-férans qui, ſans diminuer ſenſiblement de leur poids, envoyent en un inſtant des corpuſcules à près d'une lieue à la ronde? La même choſe arrive à la lumiére, & il n'eſt pas d'un Philo-ſophe de ſe révolter contre la rapidité de ſon

cours

cours, & contre la petitesse de ses parties, car rien en soi n'est ni petit ni prompt, & il se peut faire qu'il y ait des êtres un million de fois plus déliés & plus agiles.

L'Auteur de la Réfutation n'est ni plus exact ni plus équitable, quand il reproche à M. de Voltaire, & à ceux qu'il appelle Neutoniens, d'avoir dit que la pesanteur est essentielle à la matière ; il est tout aussi faux qu'ils ayent avancé cette erreur, qu'il est faux qu'ils ayent dit que la Terre attire la lumiere à la distance du Soleil.

La pesanteur n'est point essentielle à la matière.

L'Auteur des Élémens a dit à la vérité avec tous les bons Philosophes, que la pesanteur, la tendance vers un centre, la gravitation est une qualité de toute la matière connuë, laquelle lui est donnée de Dieu, & qui lui est inhérente ; le terme d'*inhérent* est bien éloigné de signifier *essentiel*, il signifie ce qui est attaché intérieurement, comme *adhésion* signifie ce qui est attaché extérieurement ; l'essence d'une chose est la propriété, sans laquelle on ne peut la concevoir, mais on peut très-bien concevoir la matière sans pesanteur, il faudroit toujours commencer par convenir de la valeur des termes, cette méthode abrégeroit bien des disputes.

Voici une discussion d'un détail plus utile, & qui peut conduire à des vérités nouvelles.

L'Auteur de la Réfutation s'étonne que l'Auteur des Elémens ait dit, que la lumiere décrit une petite courbe en pénétrant le cristal.

Nous

La nature ne forme jamais d'angles en rigueur.
Propofitions importantes.

Nous ne l'en croirons pas , dit-il , fur fa parole ; non ce n'eft pas à ma parole qu'il faut croire ; pourroit-il répondre ; mais c'eft à la nature : & l'examen de la nature nous apprend qu'il ne peut y avoir ni reflexion ni refraction fans une petite courbure. Ce feroit une grande erreur de penfer qu'une boule quelconque pût fe réfléchir par des lignes droites en rigueur

en cette façon en formant un angle abfolument en pointe , il faut qu'au point d'incidence l'angle fe courbe un peu , fans quoi il y auroit un faut, un changement *d'état fans raifon fuffifante.* Ce qui eft impoffible. Tout fe fait par gradation, comme l'a très-bien remarqué le célebre Leibnits ; & c'eft en conféquence de ce principe invariable de la nature , qu'il n'y a aucun paffage fubit dans aucun cas ; la chaîne de la nature n'eft jamais caffée. Ainfi un rayon ni ne fe réfléchit ni ne fe refracte tout d'un coup d'une ligne droite dans une autre ligne droite , & la Phifique de Neuton s'accorde en ce point à merveille avec la Métaphifique de Leibnits. Cette action du verre qui détourne le rayon incident de la ligne droite , eft la machine que la nature employe ici pour obéir à ce grand principe général.

Voici comment fe forme néceffairement

cette

cette courbe imperceptible. Qu'un corps rond
& à ressort tombe sur ce plan DD, suivant la
direction AB, son mouvement est composé de la
ligne orizontale A F, & de la perpendiculaire
A G, la seule suivant laquelle le corps se précipite
en bas. Or lorsque ce corps à ressort est en B,
il perd, dans l'instant de la compression, une
quantité de sa vitesse, proportionnelle à cette
compression ; mais cette vitesse ne peut être
perdue que dans la direction de la ligne de
chûte A G, & non dans la direction horizontale A F, suivant laquelle le corps ne se com-
prime pas. Donc ce corps avance un peu dans
cette direction horizontale en B C ; & cet es-
pace B C devient la naissance d'une courbe,
le plan D D agit à la vérité sur le rayon, ce
qui est démontré d'ailleurs par vingt exemples,
& c'est ce qu'on nomme attraction, & cette
attraction change un peu la courbe b c.

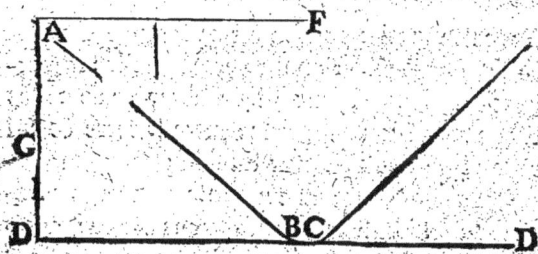

Ce principe est sensible aux yeux dans l'in-
flexion de la lumiere auprès des corps, il ne
faut pas croire, par exemple, que quand la lumiere

mière s'infléchit auprès d'une lame d'acier dans une chambre obscure, elle forme un angle absolu ; elle se courbe & se plie visiblement en cette sorte.

Natura est sibi consona ; & c'est par la même raison que la lumière en passant de l'air dans l'eau décrit une petite courbe A B, en cette manière.

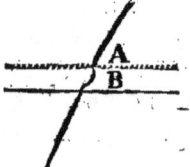

Et cette petite courbe est renfermée dans les limites de l'attraction du verre, limites imperceptibles, & qui sont bien differentes de celles d'une attraction prétendue entre la terre & un rayon lumineux partant du soleil.

Etrange méprise sur la quantité de la lumière.

On a fait encore une méprise non moins singuliere. L'Auteur des Elémens avance après Neuton, & fondé sur l'extrême porosité des corps, qu'un rayon de Soleil de 33 millions de nos lieuës n'a pas probablement un pied de matiere solide mise bout-à-bout.

Nous

Nous ne ſavons pas ſi c'eſt d'un pied linéaire ou d'un pied cubique qu'il parle, diſent quelques cenſeurs ; & ſur cette incertitude l'auteur de la refutation fait ſon calcul ſur un pied cubique, il évalue le poids d'un rayon du Soleil à mille livres peſant, & il conclut que les ſeuls rayons qui tombent ſur la terre en un jour, montent à cent quarante-quatre mille fois mille millions de livres. Mais on pouvoit s'épargner ce calcul, il n'y avoit qu'à conſulter le premier bon livre de Phyſique, ou le bon ſens, & on auroit vû qu'il ne s'agit ici ni de pied purement linéaire, ni de pied cubique, mais d'un pied en longueur, dont un trait de lumiere fait la groſſeur.

Il eſt très-ſûr qu'il y a peu de matiere propre dans tous les corps de l'univers ; il eſt ſûr que tous les corps les plus déliés ſont ceux qui en ont le moins, que la lumiere eſt des êtres ſenſibles le plus délié, le plus rare ; & qu'ainſi les prétendus millions des millions de livres, que le Soleil nous envoie par jour, peuvent aiſement ſe réduire à deux ou trois onces tout au plus. Voilà où conduit l'équivoque du mot *linéaire*, & voilà qui prouve qu'il faudroit au moins avoir des idées nettes des choſes pour critiquer avec tant de hauteur & de mépris.

L'Auteur des Elémens, a dit que dans le ſyſtême de Deſcartes, nous devrions voir clair la nuit. Cela eſt très-vrai, & cela eſt démontré par les loix des Fluides, ſi la lumiere étoit un fluide, répandu dans l'eſpace, & toujours exiſ-

La lumiere n'eſt point exiſtante dans l'air indépendamment des aſtres.

B   tant

tant , s'il n'attendoit que d'être preſſé pour agir ;
il agiroit en tout ſens dès qu'il ſeroit preſſé. Et
non ſeulement le Soleil ſous l'horizon pouſſe-
roit la lumiére à nos yeux , comme le ſon fait
le tour d'une montagne pour venir à nos oreil-
les ; mais nous ne verrions jamais ſi clair que
dans une éclipſe centrale du Soleil : car ſi la Lune
en paſſant ſous le Soleil preſſe l'atmoſphere ,
elle preſſe la prétendue matiere lumineuſe , &
cette matiere lumineuſe plus preſſée qu'elle
n'étoit , doit agir davantage.

L'auteur de la réfutation, & pluſieurs autres,
oppoſent à cette vérité des hipoteſes , ils ſup-
poſent qu'il faut raiſonner de la lumiere comme
du ſon ; mais ce n'eſt pas ici qu'il eſt permis de
dire que la nature agit toujours de la même
maniere. La nature n'eſt uniforme que dans les
mêmes cas ; & ici les cas ſont abſolument différens. Si la lumiere nous venoit comme le
ſon, elle nous viendroit à travers une muraille ;
le ſon eſt l'effet des ondulations de l'air qui eſt
un élément , & la lumiére eſt l'effet d'un autre
élement.

Faux ſi-
ſtême ſur
la lumiere.

Il ne reſtoit à l'auteur de la réfutation après
tant de mal-entendus, tant de fauſſes imputations,
tant de fauſſes critiques & de reproches injuſtes,
qu'à oſer donner un petit ſiſtême pour expliquer
les effets de la nature que Neuton a découverts,
& c'eſt ce qu'on n'a pas manqué de faire.

Neuton nous apprend , par exemple , & les
plus obſtinés ſont forcés enfin d'en convenir,

que

que la lumière ne rejaillit point des parties so-
lides des corps.

Au lieu de se contenter d'une vérité nouvelle,
que Neuton a démontrée, & qu'on ne peut
nier, on imagine une hipothese ; on feint un
petit vernis de matiere lumineuse répandue dans
les pores & sur les surfaces des corps, on pense
qu'à la faveur de ce petit vernis de cette prétendue atmosphere, on pourra expliquer pourquoi
la lumiere se réfléchit uniformement sur une
glace toujours inégale ; cette atmosphere, dit-
on, remplit les sinuosités & les asperités de
cette glace; mais n'est-il pas évident que votre
vernis d'atmosphere lumineuse que vous sup-
posez s'attacher si intimement à cette glace doit
se conformer à sa figure, & que si cette glace
est raboteuse, votre vernis doit l'être aussi?

Vous avez beau soutenir cette hipothese par
des exemples, vous avez beau alleguer que
tout a son atmosphere, qu'un vaisseau a la
sienne, & que c'est cette atmosphere qui fait
qu'une balle tombant du haut du mât du vaisseau vient frapper le pied du mât, en décrivant
une parabole. Vous avez lû, il est vrai, cet
exemple dans qulques auteurs qui rapportent
ce fait à l'impression de l'atmosphere, mais
malheureusement tous ces auteurs-là se sont
trompés ; & voici en quoi consiste leur erreur
& la vôtre.

Qu'un oiseau planant sur le mât d'un Vaisseau
qui vogue à pleines voiles, laisse tomber du

Erreur importante de plusieurs Philosophes sur la force de l'atmosphere.

B ij   haut

haut du mât un corps pesant, il s'en faudra beaucoup que ce corps tombe au pied du mât ; ni
qu'il décrive une parabole , il tombera, ou sur
la poupe , ou derrière la poupe dans la mer en
ligne droite ; Pourquoi ? Parce que la parabole
étant le résultat d'une perpendiculaire sur l'horizon avec une ligne de projectile , paralelle à
l'horizon , il n'y a point ici de ligne de projectile , mais seulement une perpendiculaire ,
par conséquent point de parabole.

Quel sera donc le cas où ce corps décrira
une parabole ? Ce sera lorsqu'il participera à la
fois au mouvement horizontal du vaisseau , &
au mouvement de gravité qui l'entraînera du
haut du mât.

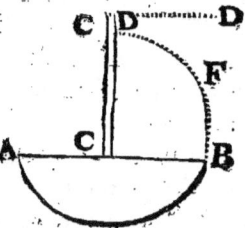

Soit le vaisseau A B , voguant de A en B, le
mât C C, le corps D attaché au mât par une
corde que l'on coupe, le corps a le mouvement
en DD. comme le vaisseau , & le mouvement
en

en D. C. par la gravitation : or de ces deux
mouvemens se compose la parabole D. F. B. &
quand le mât est en B. le corps y est aussi ;
donc l'air & l'atmosphère n'ont aucune part à
ce phénoméne ; ils ne pourroient que le trou-
bler. C'est uniquement par la même raison
qu'un cavalier jettant en l'air une orange perpendiculairement la retient dans sa main en cou-
rant au galop. Mais si une autre main lui jette
cette orange tandis qu'il court, elle retombe
loin derriere le cavalier. C'est encore la même
raison qui fait retomber à plomb une pierre
qu'on a jettée perpendiculairement à l'horizon,
malgré la rotation de la terre ; & l'atmosphère
n'a pas plus de part à tout cela, que celle d'un
homme qui se promène n'en a aux mouche-
rons qui voltigent autour de lui.

Ce petit sistême des effets prétendus d'une
atmosphere doit servir au moins à mettre sur
leurs gardes tous ceux qui n'étant point encore
guéris de la maladie des hypotheses, en inven-
tent tous les jours pour rendre raison, à ce qu'ils
croyent des découvertes de Neuton. Ce grand
homme pendant soixante ans de recherches,
de calculs & d'experiences a été obligé de se
contenter du simple fait qu'il a découvert. Jamais il n'a fait d'hypothese pour expliquer la
cause de l'attraction des Planetes & de celle de
la lumiere ; il a démontré que cette gravitation
existe ; qu'un corps grave ne retombe sur la
terre que par la même force centripete qui re-

Il ne faut jamais faire de sistême.

B iij   tient

tient les astres dans leur orbite , & qu'aucun
tourbillon de matiere subtile , grand ou petit,
ne peut être la cause de cette force centripete.
On peut s'en tenir là , & il n'y a pas d'apparence qu'on fasse par un Roman, ce que Neuton
n'a pû faire par ses Mathématiques.

Neuton n'a point fait de sistême. Un de ceux qui ont écrit le plus modéré-
ment contre Neuton , est l'estimable Auteur
du Spectacle de la Nature & de l'Histoire du
Ciel ; mais il s'en faut bien qu'il lui ait rendu
justice. Il suppose dans ses objections que Neuton a eu comme les autres Philosophes la té-
mérité d'imaginer un sistême pour expliquer la
formation de l'Univers , ce qui est assurément le
contre-pied des procedés de Neuton. *Hippote-
ses non fingo , &c.* dit Neuton ; à la fin de ses
principes mathématiques , & avec cela on lui
reproche encore ce qu'il nie si formellement.

L'auteur de l'Histoire du Ciel suppose , après
beaucoup de personnes , & beaucoup d'autres
supposent après lui , que les Neutoniens regar-
dent l'attraction comme un principe qui *a donné
l'être à des Cometes , aux Planetes un rang
dans le Zodiaque , un cortége plus ou moins grand
de Satellites.* Mais c'est encore une imputation
que ni Neuton , ni aucun de ses Disciples n'a
jamais méritée. Ils ont tous dit formellement
le contraire ; ils avouent tous que la matiere
n'a rien par elle-même , & que le mouvement,
la force d'inertie, la pesanteur, le ressort, la
végétation , &c. tout est donné par l'être sou-
verain.

Par

Par quelle injuſtice peut-on ſoupçonner que celui, qui a découvert tant de ſecrets du Créateur, inconnus au reſte des hommes, ait nié l'action de Dieu la plus connue & la plus ſenſible aux moindres eſprits. Il n'y a point de Philoſophie qui mette plus l'homme ſous la main de Dieu que celle de Neuton. Cette Philoſophie la ſeule géométrique, & la ſeule modérée, nous apprend les loix les plus exactes du mouvement, la théorie des fluides & du ſon ; elle anatomiſe la lumiére ; elle découvre la peſanteur réelle des aſtres les uns ſur les autres ; elle ne dit point que cette peſanteur, cette gravitation dont elle calcule les loix & les effets, ſoit la même choſe que la force par laquelle la lumiere ſe détourne de ſa route, & accélére ſon mouvement dans des milieux différens ; elle eſt bien loin de confondre les miracles de la reflexion & de la refraction de la lumiere avec celles de la peſanteur des corps graves, mais ayant démontré que le Soleil peſe ſur la terre, & la terre ſur lui, elle démontre que ce pouvoir eſt dans les moindres parties de la matiere, par cela même qu'elle eſt dans le tout : elle avoue enſuite que nul mécaniſme ne rend raiſon de ces profondeurs, & elle adore la Sageſſe éternelle qui en eſt le ſeul principe.

Elle ne dit point (comme on le lui reproche) que l'attraction univerſelle eſt la cauſe de l'électricité, & du *magnétiſme*, elle eſt bien éloignée

d'une

d'une telle abſurdité ; mais elle dit : Attendez pour juger de la cauſe du magnétiſme & de l'électricité que vous ayez aſſez d'expériences. Il n'eſt pas encore prouvé qu'il y ait une vertu magnétique. On eſt ſur les voyes de la matiere éléctrique ; mais pour la gravitation & le cours des Planetes, il eſt prouvé qu'aucun fluide n'en eſt la cauſe, & que nous devons nous en tenir à une loi particuliere du Créateur. Car recourir à Dieu eſt d'un ignorant, quand il s'agit de calculer ce qui eſt à notre portée ; mais quand on touche aux premiers principes, recourir à Dieu, eſt d'un ſage.

Figure de la Terre. L'Auteur de l'Hiſtoire du Ciel renouvelle encôr une mépriſe aſſez conſidérable, ou pluſieurs Savans ſont tombés. Ils croyent que Neuton attribue l'élevation de l'Equateur au pouvoir ſeul de l'attraction de la terre.

Ni Neuton, ni ſes ſectateurs ne s'expriment ainſi. Ils avouent tous que l'élévation néceſſaire de l'équateur vient & doit venir de l'effort de la force centrifuge, qui eſt plus grande dans le grand cercle d'une Sphere que dans les petits, & qui eſt nulle au point des pôles de la Sphere.

L'attraction, la gravitation, la peſanteur eſt moins forte ſous l'Equateur, parce que cet Equateur eſt plus élevé ; mais il n'eſt pas plus élevé, parce que l'attraction y eſt moins forte.

On

On nous demande dans un livre férieux, * fi
ce n'est pas l'attraction qui a mis en faillie le devant
du globe de l'œil, ou qui a élancé au milieu du
vifage de l'homme ce morceau de cartilages
qu'on appelle le Nez. Nous répondrons qu'une
telle raillerie n'est ni une bonne raifon, ni un
bon mot; & que quand même la raillerie feroit
fine, elle ne conviendroit point dans un livre,
où il ne faut que chercher la vérité, & feroit
très-mal appliquée à un homme comme Neuton, & aux illuftres Géometres qui l'étudient.
D'ailleurs nous félicitons le fage Auteur du fpe-
ctacle de la Nature, & de l'Hiftoire du Ciel,
de tomber moins qu'un autre dans le défaut de
vouloir être plaifant; cette affectation trop répandue de traiter des matiéres férieufes d'un
ftile guai & familier rendroit, à la longue, la
Philofophie ridicule fans la rendre plus facile.

Qualités
immaté-
rielles.

On reproche encore à Neuton qu'il admet
des qualités immatérielles dans la matiére. Mais
que ceux qui font un tel reproche, confultent
leurs propres principes, ils verront que beaucoup d'attributs primordiaux de cet être fi peu
connu qu'on nomme matiere, font tous im-
materiels. C'eft-à-dire, que ces attributs font
des effets de la volonté libre de l'être fuprême,
fi la matiére a du mouvement, fi elle peut le
communiquer, fi elle gravite, files aftres tour-

---

* C'eft à propos de l'explication de l'anneau de Saturne de
M. de Maupertuis.

nent

hent fur eux-mêmes d'occident en orient plû-
tôt qu'autrement, tout cela est un don de Dieu,
auffi-bien que la faculté que ma volonté a re-
çûe de remuer mon bras. Toute matiére qui
agit nous montre un être immatériel qui agit
fur elle. Rien n'eft plus certain que ce font les
vrais fentimens de Neuton.

Ces réflexions que l'on donne au public ont
déja fait impreffion fur quelques efprits, & on
efpere qu'enfin les préjugés de quelques-autres
céderont à des chofes fi fublimes & fi raifon-
nables dont l'Auteur des Elemens n'a été que
le foible interprete.

F I N.

246

www.ingramcontent.com/pod-product-compliance
Lightning Source LLC
Chambersburg PA
CBHW060900180626
46818CB00004B/1796